# AUX ARMES!

## GUERRE

# AUX PUISSANCES

SIGNATAIRES DU TRAITÉ DU 15 JUILLET DERNIER,

ou

MÉMOIRE ADRESSÉ AU ROI ET AUX MINISTRES;

## LETTRE AU ROI

Sur la nécessité de cette guerre et sur les moyens de la faire avec succès;

LETTRE A M. THIERS, PRÉSIDENT DU CONSEIL;

## PAR J.-B. FLANDIN,

Ancien intendant militaire (F. F.) du corps d'occupation de la Morée.

# PARIS,

## DESESSART, ÉDITEUR,

RUE DES BEAUX-ARTS, 15.

1840

# Ernest Ménard.


# QUIBERON

Deuxième édition. — Tome premier.

## L. DESESSART ET C<sup>ie</sup>, ÉDITEURS,

RUE DE SORBONNE, 9.

**1837.**

# AUX ARMES !

## GUERRE AUX PUISSANCES

SIGNATAIRES DU TRAITÉ DU 15 JUILLET.

Paris, imprimerie de A. René et Comp.

# AUX ARMES!

## GUERRE

# AUX PUISSANCES

SIGNATAIRES DU TRAITÉ DU 15 JUILLET DERNIER,

ou

MÉMOIRE ADRESSÉ AU ROI ET AUX MINISTRES;

### LETTRE AU ROI

Sur la nécessité de cette guerre et sur les moyens de la faire avec succès;

LETTRE A M. THIERS, PRÉSIDENT DU CONSEIL;

## PAR J.-B. FLANDIN,

Ancien intendant militaire (F.F.) du corps d'occupation de la Morée.

## PARIS,

DESESSART, ÉDITEUR,

RUE DES BEAUX-ARTS, 15.

1840

# AVERTISSEMENT.

Une grande nation ne périt pas par la guerre,
mais par la couardise de son gouvernement ; mais
parceque, imprudente, elle ne sait pas lui imposer
sa propre force, et relever elle-même le gant
que des rivaux audacieux et d'insolents monarques
ont osé lui jeter.

Lorsque la dignité d'un grand peuple est compromise ; lorsque ses intérêts politiques et commerciaux
peuvent être livrés en pâture à l'étranger par l'insou-
ciance ou par la faiblesse de son gouvernement ; lorsqu'il y a en quelque sorte trahison, involontaire sans
doute, mais flagrante de celui-ci à l'égard de celui-là,
il est du droit, il est du devoir de tous les hommes
éclairés dans les matières politiques et gouvernemen-
tales d'avertir la nation des dangers qui la menacent,
de dire à ceux qui la gouvernent ce qu'ils ont à faire
pour l'en garantir, quelles seraient les conséquences
de leur incapacité ou de leur frayeur, ou celles de leur
habileté et de leur courage.

Ce droit j'en ai usé, ce devoir je l'ai rempli, en rédigeant pour les ministres et pour le roi :

1º Un mémoire sur les conséquences que doit avoir le traité de Londres, et sur les mesures offensives et défensives qu'il impose à la France ;

2º Une lettre au roi ;

3º Une lettre à **M.** le président du conseil des ministres.

Les conseils que j'ai rassemblés dans ces écrits, et que je livre à l'appréciation des hommes impartiaux qui ne veulent pas de la paix au prix du sanglant affront que ce traité imprimerait au front de la France, s'il n'était soudain effacé par les combats et par la victoire ; ces conseils m'ont paru les seuls qui doivent être suivis dans la situation si grave et si impérieuse où cet insolent traité a placé notre pays.

Si quelque chose m'eût appris que le gouvernement était disposé à les suivre, à prendre l'initiative des combats, l'initiative de la défense de notre dignité et de nos intérêts, satisfait de l'effet qu'ils auraient produit, je me serais renfermé dans un discret silence, je ne leur aurais donné aucune publicité.

Mais le gouvernement, scindé, à ce qu'il paraît, en deux divisions délibérantes, dont l'une (1) voudrait et l'autre (2) repousse cette initiative, et forcé, par cela même, de n'adopter que des résolutions timides et équivoques qui ne résolvent rien ; le gouvernement

(1) Qui a pour organe *la Revue des Deux-Mondes.*
(2) Qui a pour organe *la Revue de Paris.*

fait tous les jours annoncer, par ses organes quotidiens, hebdomadaires et quasi-officiels (1), qu'il ne veut, qu'il ne doit que se préparer à la défense, que les armements considérables qu'il ordonne, et pour lesquels il a déjà grevé le pays de près de 80 millions, ne sont destinés à agir qu'au cas où les puissances signataires du traité de Londres attaqueraient soit Méhémet-Ali, notre allié, soit nos flottes, ou qu'elles violeraient certains territoires turcs ou égyptiens, et que jusque-là il doit attendre.....

Dès-lors, comme ce système d'une guerre purement défensive me paraît dangereux; comme il ne peut qu'être fatal à notre dignité et à nos intérêts, et ôter toute leur force à nos moyens de succès dans la grande et terrible lutte qui se prépare ; comme, ainsi que je l'ai dit dans l'un des écrits que je publie, *l'attente pour la France c'est la mort*, j'ai mis de côté mes scrupules, j'ai livré à l'impression les trois écrits que l'on va lire, et qui résument tout un système d'attaque et de défense, tout un système de gloire, de dignité et d'indépendance pour la France; toutes choses que les hésitations du gouvernement, ses lenteurs, ses ajournements me semblent compromettre.

Le pays dira qui voit juste, du gouvernement ou de moi; il dira ce qu'il doit approuver, de l'audace et de l'opportunité de mes conseils, ou de la prudence dont il cherche à couvrir la timidité de ses résolutions.

(1) *Les Débats, le Constitutionnel, le Temps, le Courrier français, la Revue des Deux-Mondes.*

Je sais qu'en donnant de la publicité à ces écrits je fais connaître à nos ennemis les moyens d'attaque et de défense que la France peut employer contre eux, et cette considération m'a d'abord fait hésiter. Mais outre qu'il faut accorder aux cabinets qui ont formé contre nous l'alliance anglo-germanico-russe, qui fait l'objet du traite de Londres, assez de prévoyance pour avoir compté ces moyens au nombre des éventualités contre lesquelles ils auront à se prémunir, j'ai prévenu le gouvernement (1) de la publicité que j'allais donner à ces mêmes écrits. Or il ne m'a pas fait dire qu'elle lui déplairait, qu'elle contrarierait ses dispositions en fixant l'attention de ces puissances vers ces éventualités, en les avertissant de la possibilité d'employer contre elles les moyens d'attaque et de défense que j'ai indiqués.

J'en conclus donc que la publication de ces communications ne l'embarrassera pas; qu'il verra même avec plaisir l'effet que mon appel aux armes produira sur l'opinion publique et sur la nation; parcequ'il trouvera, dans une manifestation du vœu national pour une guerre offensive, la force dont, à tort sans doute, il croit avoir besoin pour agir avec énergie et promptitude.

Et cela m'a déterminé à livrer ces écrits à la publicité.

(1) Dans la personne de l'un de ses membres.

# MÉMOIRE

ADRESSÉ

## AU ROI ET AUX MINISTRES.

25 juillet 1840.

Les événements se réalisent tels que je les ai prédits dans l'écrit (1) que j'ai publié en août 1839 ; tels que je les avais indiqués dans un mémoire sur l'Orient, que j'adressai, en 1833, à M. le maréchal Soult, alors président du conseil, et que j'ai annexé à cet écrit d'une grave portée : je veux parler du traité d'alliance qui vient d'être signé entre la Russie, l'Angleterre, la Prusse et l'Autriche, contre le pacha d'Égypte, à l'exclusion de la France.

De la part de la Russie, c'est l'ambition insatiable de cette puissance qui les a amenés ; il lui

---

(1) *Isabelle et don Carlos*, *question d'Orient*, 19ᵉ chapitre, page 109, envoyé au roi, aux ministres et aux journaux qui en ont rendu compte. Ces journaux ne voyaient ces événements que dans un avenir fort éloigné ; l'un d'eux, *le Courrier*, qualifia de politique empirique la politique que je conseillais ; et pourtant cette politique eût empêché l'alliance que la France doit subir ou combattre, consolidé la puissance de Méhémet-Ali, contenu l'ambition de la Russie et de l'Angleterre, sauvé l'Orient et garanti nos intérêts dans cette partie du monde.

faut aujourd'hui Constantinople, la Macédoine, les mers qui les baignent et la Morée.

De la part de l'Angleterre, c'est tout à la fois l'ambition et sa jalousie de la France qui l'ont fait entrer dans cette alliance; elle veut l'abaissement du pacha d'Égypte, qui a osé lui refuser un passage, une route militaire, dans ses États, pour porter ses troupes dans l'Inde; une partie de la Syrie et l'île de Candie. Mais, ce qui surtout l'a décidée à se faire si imprudemment l'alliée de la Russie, c'est qu'elle espère trouver dans le conflit que ces événements vont amener une occasion de combattre notre marine qui prend, il faut le reconnaître, un accroissement bien fait pour l'inquiéter; notre marine, contre laquelle elle ne pourrait plus lutter dans cinq à six ans, et qu'elle pense pouvoir anéantir en ce moment, parcequ'elle a encore le nombre pour elle, si nous lui laissons le temps de préparer ses armements, de porter sur tous les points où ce conflit aura lieu des escadres plus fortes et plus nombreuses que les nôtres.

Ces événements, que l'on ne peut plus empêcher d'avoir leurs conséquences, peuvent, ou jeter la France dans les plus grands embarras, ébranler son gouvernement et compromettre son indépendance ;

Ou la montrer puissante et forte à elle seule autant que le sont ensemble toutes les puissances qui la menacent, et lui faire acquérir ses frontières sur le Rhin; ils le peuvent selon que son gouvernement fera de la force ou de la faiblesse; je veux dire selon qu'il désertera la cause de Méhémet-Ali, et, avec elle, ses propres intérêts dans le Levant; ou selon qu'il fera de suite ce qu'il faut qu'il fasse pour défendre cette cause et ses intérêts, et acquérir *ipso facto* une grande puissance dans la Méditerranée et en Orient.

Ainsi, l'abaissement de la France, la ruine de ses intérêts, de sa puissance, la perte, sans aucune compensation, de notre conquête en Afrique, celle de la presque totalité de notre marine et de notre armée dans ce pays;

Ou son élévation, sa gloire, sa dignité, son indépendance, l'acquisition d'une grande prépondérance, désormais inattaquable en Orient; la reprise de nos frontières sur le Rhin, et un échange avantageux de l'Algérie, de ce pays qui nous coûte tant d'hommes et tant de millions en pure perte, même pour l'avenir...

L'une et l'autre de ces deux situations si différentes dépendent, j'oserai le dire, de la conduite que le gouvernement va tenir, de l'attitude menaçante ou soumise dans laquelle il va se placer.

S'il se borne à négocier, il sera dupe des gouvernements qui ont signé le traité dont il s'agit, et la première des deux hypothèses que je viens d'établir se réalisera.

Or, après ce traité, il n'y a plus à négocier; car toute négociation serait impuissante à conjurer l'orage, à conserver les droits de la France et ceux de Méhémet-Ali, son allié; à faire accepter sa médiation, à forcer les puissances qui l'ont signé à reconnaître sa prépondérance, et à s'y soumettre..., il faut agir.

Si le gouvernement agit, si son action est prompte, immédiate, soudaine et secrète; si elle frappe comme la foudre, elle réalisera tous les avantages que j'indique dans la deuxième hypothèse.

Mais quelle doit être son action?

J'oserai le dire :

Il faut,

Premièrement, envoyer de suite un agent à Méhémet-Ali, pour lui annoncer que la France proteste contre le traité signé contre lui par les cinq puissances; faire avec lui un traité d'alliance offensive et défensive; lui demander l'échange de nos possessions en Afrique contre l'île de Candie, qui a un port, celui de la Canée, où les plus grandes escadres peuvent être réunies, et lui annoncer l'arrivée d'une armée de trente mille hommes, qui sera augmentée au besoin, pour s'opposer avec lui aux projets de la Russie et de l'Angleterre ;

Secondement, faire arriver de suite dans la Méditerranée toutes les forces navales dont nous pouvons disposer, et le plus grand nombre possible de bâtiments de transport;

Troisièmement, restreindre de suite l'occupation de l'Algérie aux seules villes d'Alger, d'Oran, de Bone; concentrer sur ces trois points toutes les troupes qui l'occupent;

Quatrièmement, embarquer et faire partir de

suite pour la Syrie toutes celles de ces troupes qui ne seront plus nécessaires à la défense de ces trois places, lesquelles ne peuvent être que faiblement attaquées, vu qu'Abd-el-Kader manque de grosse artillerie.

Et pour que cette importante expédition soit aussi nombreuse que cela est possible, on comptera les hommes présents aux hôpitaux comme faisant partie de l'effectif de la garnison que l'on devra laisser dans chacune de ces places.

Cinquièmement, faire partir des ports de France :

1° Une expédition de vingt mille hommes destinés à aller occuper la Morée ; la Morée que l'on a eu l'imprudence d'évacuer en 1832, malgré mes avertissements, alors que j'étais intendant du corps d'occupation ;

2° Une autre de dix mille hommes, qui aura l'ordre d'occuper Candie (1).

Une fois maîtresse de ces deux grandes positions stratégiques, la France pourra plus facilement porter des secours à Méhémet-Ali, contre l'Angleterre et la Russie, et dominer les affaires de l'Orient ;

(1) Lorsque je fus envoyé à Alger pour être rapporteur de la commission d'enquête créée pour rechercher si le trésor de la régence avait été spolié, enquête qui n'a jamais été faite malgré mes demandes et mes protestations, je conseillai d'échanger notre conquête d'Afrique contre l'île de Candie. Si l'on eût suivi mon conseil, on eût épargné 200 millions et cinquante mille hommes ; et le traité qui aujourd'hui menace l'Orient, Méhémet-Ali et la France, n'existerait pas ; et la France ne serait pas obligée à déclarer la guerre aux puissances qui l'ont signé !

Et la présence dans la Morée d'une armée française nombreuse y ruinera le parti russe, donnera pour auxiliaires à cette armée tous les Grecs qui veulent l'indépendance de leur belle patrie, et nous procurera, au besoin, trente mille marins.

Le départ des troupes de l'Algérie pour la Syrie peut facilement se masquer par les mouvements qu'une nouvelle expédition, une campagne nouvelle contre Abd-el-Kader nécessitent; et celui des troupes destinées pour la Morée et Candie, par la nécessité d'envoyer de nouvelles forces en Afrique, pour assurer le succès de cette campagne dont le motif apparent sera la destruction de la puissance de l'émir.

Sixièmement, dissoudre la Chambre des députés, pour obtenir des élections plus populaires, plus en harmonie avec les nécessités du moment, plus disposées à donner au gouvernement les moyens d'action dont il a besoin, à lui prêter le concours que réclame la situation impérieuse où il se trouve.

Septièmement, harmoniser le personnel et l'esprit des autorités dans les provinces avec ces nécessités, avec ces élections.

Huitièmement, toutes les grandes mesures que j'ai indiquées plus haut étant prises et en voie d'exécution, et préalablement aux élections nouvelles, le gouvernement publiera un manifeste qui fera connaître à la France l'atteinte portée à ses intérêts, à sa dignité, à son indépendance, par le traité des cinq puissances contre Méhémet-Ali, son allié, et, *ipso facto*, contre elle-même; la nécessité où il se trouve de défendre les uns et les autres contre ces puissances; et, pour cela, ne cherchant qu'en elle la force dont il a besoin, de faire un appel aux armes, annonçant qu'il a déjà pris toutes les mesures militaires que l'urgence et la gravité des circonstances requéraient, tant pour soutenir Méhémet-Ali, dont la conservation, comme prince souverain et puissant, importe tant aux intérêts de la France et de l'Europe, que pour prendre dans la Méditerranée et en Orient une position forte qui lui donne les moyens de lutter avec succès contre les efforts réunis de la Russie et de l'Angleterre, seules puissances qui, militairement, puissent compter dans le conflit armé que le traité dont il s'agit va faire naître en Orient, et aussi pour reconquérir, sur n'importe quelle puissance, les frontières rhénanes que les traités de 1815 lui ont fait perdre.

Neuvièmement, joignant l'effet aux paroles, le gouvernement devra diriger de suite trois cent mille hommes sur les frontières de l'Est et du Nord, et cent mille vers celles du Midi.

Dixièmement, il exigera que l'Espagne s'unisse à lui par un traité offensif et défensif contre les puissances signataires de ce traité, lui enjoignant de chercher dans un gouvernement plus populaire la force dont elle a besoin pour calmer les partis, satisfaire l'armée d'Espartero, obtenir la paix intérieure et se débarrasser des Anglais qui soufflent la discorde sur ce malheureux pays, afin de le dominer, de se rendre nécessaire, et lui imposer des traités onéreux.

Pareil traité serait proposé à la Suisse et à la Belgique, qui s'empresseraient sans doute de l'accepter : on les y forcerait au besoin.

Onzièmement, on enverrait des agents en Italie, pour y créer à l'Autriche des embarras qui, aux premiers succès de la France, se changeraient bientôt en un soulèvement général dont, plus tard, une armée française protégerait l'action, laquelle aurait pour but l'indépendance de toute l'Italie sous un gouvernement constitutionnel.

Douzièmement, aussitôt que le manifeste dont il a été parlé plus haut aurait paru, et que nos expéditions seraient parties pour leurs destinations, et alors même que se feraient les nouvelles élections sous l'influence d'une manifestation libérale, sans radicalisme, le roi et les princes iraient parcourir la France, faisant partout un appel au patriotisme des populations, au dévouement, au courage des hommes de tout âge qui voudront se dévouer à la défense de la patrie menacée dans ses institutions, dans sa liberté, dans sa dignité, dans son indépendance, par les conséquences, inévitables si la France ne court aux armes, qu'aurait le traité d'alliance des cinq puissances, si elles en obtenaient le succès qu'elles s'en promettent.

Treizièmement, les hostilités étant flagrantes ou commencées, on inonderait l'Allemagne

de proclamations faisant savoir à ses populations diverses que la France, forcée par la per-
fidie des puissances signataires du traité contre
Méhémet-Ali et contre elle-même, de recourir
aux armes pour sa propre défense et celle de
ses intérêts politiques et matériels attaqués,
compromis par les stipulations de ce traité, ne
les quittera pas avant d'avoir aidé ces populations à obtenir de leurs gouvernements une
constitution libérale, pareille à celle qui la régit
elle-même ; leur déclarant d'ailleurs qu'elle ne
veut faire aucune acquisition de territoire en
Allemagne ; qu'elle respectera leur indépendance ; mais que le soin de sa tranquillité, que
sa dignité, sa propre indépendance, lui com-
mandent de forcer, à l'aide de ces populations
d'outre-Rhin, les princes qui règnent sous le
régime du bon-plaisir et par le droit divin, et
qui exploitent le pouvoir absolu, à introduire
dans leurs états le gouvernement constitutionnel qui est pour tous les peuples, quand il existe
dans toute sa vérité, une garantie de paix,
d'ordre, de liberté et d'économie.

Telles sont les mesures que je conseille, parcequ'elles me paraissent indispensables dans la
crise qui se prépare (1).

Ne voulant qu'être utile et non embarrasser

(1) J'ai entendu parler d'un débarquement d'une armée en Irlande, de l'envoi d'une flotte dans la Tamise, comme de deux puis-
sants moyens d'action contre l'Angleterre. Ceux qui les proposeraient
ont-ils réfléchi aux difficultés, aux dangers, à l'inefficacité de cette
double opération agressive ? Ignorent-ils donc, pour ne nous arrê-

2

le gouvernement par la publication intem-
pestive et dangereuse de cette note, j'attendrai,
pour lui donner de la publicité, ou pour la tenir

ter qu'à un débarquement en Irlande, que le peuple de ce pays,
dont nous voudrions exploiter les rancunes, aider l'émancipation
politique et religieuse, ne veut satisfaire les unes et obtenir l'autre
que par ses nobles efforts; qu'il repousserait tout secours qui
lui arriverait après la violation du territoire; qu'étant avant
tout une partie du royaume-uni, il refuserait, comme un outrage fait à son patriotisme, une émancipation qu'il ne devrait qu'à
l'étranger; que la rivalité nationale qui existe entre la France et
l'Angleterre est pleine de vie à Dublin, à Édimbourg comme à
Londres; que si nous réussissions à effectuer un débarquement en
Irlande, les Irlandais se rueraient sur nous comme sur des enva-
hisseurs, au lieu de nous accueillir comme des auxiliaires, comme
des amis; que armée et vaisseaux qui aborderaient l'un ou l'autre
pays finiraient par périr dans une aussi imprudente entreprise,
parceque le peuple de l'un et de l'autre se lèverait en masse pour
chasser et détruire l'étranger qui aurait osé violer le sol de la patrie?
Il n'en est pas des peuples des trois royaumes comme des peuples
d'outre-Rhin et des peuples de l'Italie; à ceux-ci nous pouvons, la
guerre aidant, apporter les bienfaits d'un gouvernement constitutionnel; ils le désirent, ils l'attendent peut-être de notre interven-
tion protectrice et désintéressée..... Ce gouvernement existe chez
les autres; il y existe mieux compris et mieux observé dans tous ses
principes qu'il ne l'est chez nous-mêmes; et si l'Irlande et l'Ecosse
sont encore privées d'une partie des droits qu'un tel gouvernement
confère à tous les membres de l'état qui l'a accepté ou voulu, le
temps n'est pas éloigné où, aidées par leurs grands citoyens et par
les hommes d'état qui veulent la réforme, elles entreront dans la
plénitude de ces droits sans en devoir la jouissance à une interven-
tion étrangère, sans porter sur leur front la honte qu'imprime
toujours à un grand peuple le secours ou l'envahissement de
l'étranger.

Et puis, ce que le grand homme n'a pas osé ou n'a pu tenter,
malgré des efforts prodigieux et gigantesques, qui donc aujour-
d'hui se croirait assez habile, assez puissant pour l'entreprendre?
qui donc serait assez présomptueux pour compter sur le succès
d'une entreprise aussi téméraire?

secrète, que le ministère m'ait fait connaître l'effet qu'elle aura produit sur lui et les résolutions qu'il aura prises (2).

Toutes ces mesures que je conseille seraient, si l'empereur régnait encore, et s'il eût commis les fautes qui les rendent nécessaires, prises et exécutées aussitôt que conçues. Le ministère qui a à sa tête un homme de graves, de vives, de patriotiques conceptions, et parmi ses membres des hommes capables de le seconder, et qui sympathisent avec lui ; le ministère, dis-je, peut et doit faire, avec les éléments de puissance et d'action dont il dispose, ce que le grand homme n'hésiterait pas à faire : son histoire, qu'écrit M. le président du conseil, est là pour le dire avec et plus haut que moi.

Des hommes, et ils sont nombreux, et leur voix fait écho dans tous les salons, dans les lieux publics de Paris, dans certains journaux et peut-être dans nos provinces ; des hommes, dis-je, crient, publient partout que le gouvernement subira l'humiliation du traité des cinq puissances, de ce traité dont la portée va plus loin dans l'avenir que sa *lettre*; qu'il s'exposera à toutes les conséquences et abandonnera Méhémet-Ali et nos intérêts dans le Levant, plutôt que de déclarer la guerre aux puissances qui l'ont signé. Je pense, moi, que ces hommes calomnient le gouvernement ; je pense que le roi

(1) Une attente de vingt-cinq jours prouve la sincérité de cette déclaration, mais il y a un terme à tout ; et mon *avertissement* dit pourquoi je publie cette note.

a trop de grandeur dans l'âme, trop d'élévation dans l'esprit ; qu'il a trop le sentiment de la dignité nationale et de sa propre conservation comme chef de l'État, comme fondateur d'une nouvelle dynastie, pour ne pas apprécier l'urgence des mesures que je propose, pour ne pas les accueillir si son ministère les lui conseille, pour ne pas les lui imposer s'il négligeait ou craignait de les mettre immédiatement à exécution.

*Le sous-intendant militaire en retraite, ancien rapporteur de la commission d'enquête créée en 1830 pour savoir si le trésor d'Alger avait été spolié, enquête qui fut suspendue et qui n'a jamais été reprise!!!...*

FLANDIN.

Paris, le 29 juillet.

# LETTRE AU ROI.

Paris, le 9 août 1840.

SIRE,

De même que les passions politiques doivent se calmer et se taire en présence des graves circonstances dans lesquelles la France se trouve placée par le traité des quatre puissances ; de même, ému par ces circonstances, j'impose silence au ressentiment que je conserve des persécutions si injustes, si imprudentes, si odieuses dont on m'a accablé par suite de la scandaleuse affaire des trésors d'Alger.... que Votre Majesté connaît si bien (1).

J'ai envoyé il y a six jours à Votre Majesté un mémoire en forme de note sur les conséquences de ce traité, et sur les mesures qu'il imposait au gouvernement.

(1) Voir aux annonces de la couverture.

Dans ce mémoire, que j'ai adressé à **M.** le président du conseil et à **MM.** les ministres de la guerre, de la marine, de l'intérieur, j'ai dit ce qui pouvait être dit dans une pièce exposée à être lue par d'autres que par des ministres. — D'autres vérités doivent être dites, d'autres conseils doivent être donnés, mais à Votre Majesté seulement, qui en saisira son conseil si elle le juge convenable et nécessaire.

Sire, les circonstances dans lesquelles la France et votre dynastie sont placées par le traité des quatre puissances sont graves, plus graves peut-être que ne le pense votre ministère, à en juger par l'incomplet, par la lenteur de ses dispositions ; car il s'agit, pour l'une ou pour l'autre, de leur existence politique; il s'agit pour l'une ou pour l'autre d'être ou de pas être : *to be or not to be...*

Vous ne penserez pas, Sire, avec quelques hommes légers que l'alliance anglo-germanico-russe, dont ce traité est l'expression, ne soit que l'œuvre irréfléchie de lord Palmerston, une œuvre contre laquelle la nation anglaise protestera, que déchirera le parlement anglais ; vous ne le penserez pas, car cette opinion serait une erreur qui aurait pour conséquence funeste de ralentir des préparatifs d'attaque et de défense auxquels il faut, au contraire, donner la plus grande activité, le plus grand développement possible, si vous ne voulez pas laisser à nos ennemis, à nos rivaux, le temps de faire les armements sous le poids desquels une coupable imprévoyance nous exposerait à être écrasés. Vous ne le penserez pas, parceque vous êtes un prince éclairé, et parceque vous devez savoir que ce traité des quatre puissances n'est, de la part de l'Angleterre, que l'expression d'une nécessité nationale qui, si elle n'est pas tout d'abord comprise par les masses industrielles et populaires de ce pays, l'est par tous les hommes qui y manient les affaires du gouvernement, par tous ceux qui réfléchissent sur la politique des États, et qui se sont fait une étude des conditions nécessaires de leur existence ; et elle le sera nécessairement par les membres du parlement anglais lorsqu'elle y sera expliquée dans les comités où se préparent et s'élaborent les votes sur les questions qui intéressent particu-lièrement l'existence politique de l'Angleterre, qui touchent à ses ressources, à sa force, à sa suprématie maritime, à son orgueil national.

Je l'ai dit, Sire, dans le mémoire que j'ai envoyé à Votre Majesté : deux grands intérêts britanniques, l'un de premier ordre, l'autre secondaire, ont fait agir lord Palmerston lorsqu'il a signé ce traité, ce qu'il n'a pu faire d'ailleurs qu'après en avoir mûrement délibéré en conseil, et avoir pris les ordres de la reine.

Le premier de ces deux intérêts, c'est, il ne faut pas se le dissimuler, l'inquiétude que donne et doit donner à l'Angleterre l'accroissement progressif de la marine française, le besoin que son gouvernement éprouve nécessairement de chercher dans un conflit quelconque une occasion de l'anéantir en partie, afin de se procurer encore vingt ans de sécurité et une économie proportionnelle dans ses dépenses, et d'assurer à son industrie, à son commerce, avec le monopole des marchés d'outre-mer, un débouché pour leurs produits.

Le second, c'est de s'emparer de la partie des États du pacha d'Égypte qui lui sont devenus nécessaires pour porter des forces nouvelles dans l'Inde, où elle est menacée par l'ambition de la Russie.

Une autre nécessité de politique intérieure non moins puissante, non moins impérieuse, vient se joindre à ces deux grands intérêts : c'est celle où est le gouvernement anglais de calmer les agitations de l'Irlande, d'ajourner autant qu'il le pourra les exigences du parti de la réforme, les satisfactions qu'il lui faudra donner un jour à la démocratie et aux catholiques de ce pays; — or une guerre avec la France et le pacha d'Égypte en Orient, les avantages qu'il en espère, lui paraissent des préoccupations à l'aide desquelles il obtiendrait ce triple résultat.

Ceci posé, et quel homme éclairé osera dire le contraire? n'est-il pas évident que lord Palmerston n'a fait, en signant le traité que l'épée de la France doit lacérer, que servir ces deux intérêts, et que le parlement, qui peut fort bien refuser des subsides, mais non annuler des traités faits dans le plein et régulier exercice du pouvoir constitutionnel de la reine et de son conseil, répondra, par le vote des crédits que la mise à exécution de celui dont il s'agit exigera, aux espérances chimériques de certains politiques à courtes vues, et aux déclamations sans puissance comme sans raison de je ne sais quelles coteries anglaises et françaises qui, aveugles ou ignorantes, ne reconnaissent pas que ce traité, duquel va sortir une conflagration générale, était une nécessité pour l'Angleterre, qui perdrait avant peu d'années sa puissance maritime, la seule qu'elle possède réellement, si elle ne faisait de suite tous ses efforts pour détruire celle que vingt-cinq ans de paix et de sacrifices nous ont créée, et qui serait bientôt inattaquable par elle?

Or, de la certitude que cette alliance anglo-germanico-russe qu'a signée lord Palmerston est un acte réfléchi, un acte d'assurance et de conservation de la puissance anglaise, un devoir accompli par son gouvernement, gardien responsable de cette puissance, il suit pour conséquence que cet acte sera confirmé, et non annulé par le parlement.

Et de l'approbation de cet acte par le parlement, il découle pour la France la nécessité de protester de suite contre ses stipulations, de courir aux armes, d'appeler à son seul tribunal, au tribunal sanglant des combats, d'un acte qui menace non seulement ses intérêts matériels, mais encore ses institutions, sa dignité, son indépendance.

Mais peut-être, Sire, l'énergie peu commune de cette proposition heurte-t-elle votre politique craintive, modérée; peut-être une énergie expectante, une résolution qui a les apparences de la fermeté, mais qui serait subordonnée aux événements, à l'espèce de *casus fœderis* imaginé par le publiciste de la *Revue des Deux-Mondes*, s'accorde-t-elle mieux avec votre modération, qui voudrait ne courir les hasards de la guerre que lorsqu'elle y sera poussée, contrainte par les éventualités admises par ce publiciste. Peut-être concevez-vous l'espoir, pour moi bien chimérique, de détacher la Prusse et l'Autriche du traité de Londres, et trouvez-vous dans cet espoir une sorte de sécurité, une raison de ne pas répondre par une déclaration de guerre à ce traité qui en est lui-même une faite à la France. Si tout cela était, Sire, il faudrait le déplorer comme autant d'erreurs qui ne pourraient qu'être fatales à la France et à votre dynastie; car, outre qu'il est plus que douteux que ces puissances se séparent de la Russie et de l'Angleterre; qu'elles déchirent soudain un traité dans lequel elles ne sont intervenues qu'après de mûres réflexions, qu'après en avoir pesé toutes les conséquences, la séparation que vous espéreriez ne changerait pas la situation de la France vis-à-vis de ces deux dernières puissances; les projets de celles-ci resteraient les mêmes, et comme elles n'ont compté que sur elles, que sur leurs moyens d'action pour les accomplir, la guerre n'aurait pas moins lieu dans cette partie du monde; notre marine ne serait pas moins compromise, et, avec elle, notre armée d'Afrique; et la seule différence qu'il y aurait, c'est que vous auriez perdu les moyens de succès et de vengeance qu'une guerre immédiate contre les cinq puissances signataires de ce traité met à votre disposition : la propagande constitutionnelle des peuples, à l'aide de laquelle vous pourriez anéantir les traités de 1815, reprendre les frontières dont ils nous ont dépouillés, aider la Pologne à recouvrer sa nationalité; car c'est de l'autre côté du Rhin, c'est au-delà des Alpes que vous devriez chercher ces moyens. Or la renonciation de l'Autriche et de la Prusse au traité de Londres vous forcerait à respecter les frontières que ceux de 1815 leur ont données, et vous auriez vainement relevé le gant que lord Palmerston a jeté à la France; vainement vous auriez *porté l'armée à l'effectif complet du pied de guerre, préparé le matériel nécessaire à cette armée...* la collision n'aurait lieu que dans les mers du Levant : notre marine seule, unie à la marine du pacha d'Égypte, pourrait agir et combattre, et elle aurait contre elle celles de l'Angleterre et de la Russie, dont la supériorité numérique est constatée.

Tels sont, Sire, croyez-le bien, les tristes résultats que vous pouvez obtenir en ne prenant pas de suite l'initiative des combats, en ne la prenant pas de la manière que je l'ai conseillé, expliqué dans le mémoire que j'ai envoyé à

Votre Majesté (1), en attendant, pour déclarer la guerre aux puissances signataires du traité de Londres, que ce traité ait reçu un commencement d'exécution.

Déjà, Sire, il circule dans le monde, il se dit dans quelques journaux que telle est en effet votre résolution ; déjà l'on se dit que la déclaration contenue dans la *Revue des Deux-Mondes,* que la France déclarerait la guerre, *une guerre à outrance* à ces puissances, aussitôt *que certaines limites seraient franchies* en Orient, n'est qu'une manière de donner d'abord une satisfaction à l'opinion publique, qui croit la guerre nécessaire et qui la veut, une sorte d'énergie factice que l'on couvre du voile de la prudence ; — on se dit que vous ne cherchez qu'un prétexte pour éviter la guerre, c'est-à-dire pour laisser empreint sur le front de la France le stygmate outrageant que le traité de Londres y a placé, et que la guerre seule peut effacer. Or, c'est déjà un grand malheur, Sire, qu'un pareil soupçon ; c'en serait un irréparable s'il s'accréditait, si l'avenir le justifiait.

Je sais, Sire, que les paroles que lord Palmerston a fait entendre à la chambre des communes, le 6 de ce mois, en réponse aux interpellations de M. Hume, l'un de ses membres, partisan éclairé de l'alliance anglo-française, viennent au secours de cette politique expectante qui parle de la guerre sans la vouloir,

(1) Le 29 juillet,

sans en comprendre la nécessité ; qui en menace
les puissances si elles mettent à exécution leur
traité, lorsqu'il faudrait prévenir son exécution
en joignant soudain les effets aux menaces ; je
sais que ces paroles de lord Palmerston peuvent
paraître à certains journaux initiés à votre politique, à des hommes imprévoyants ou cré-
dules, une sorte de garantie des intentions du
gouvernement anglais envers la France ; car il
dit qu'*il a toujours attaché la plus grande
importance à l'alliance de la France avec
l'Angleterre ; qu'il n'y a de la part de son
gouvernement aucune disposition à l'a-
bandonner ; qu'elle est utile aux deux
pays, que les hommes sages des deux pays
la veulent...* Mais il a dit aussi que les puissances signataires du traité de Londres *veulent
rendre la Syrie au sultan.* Or, c'est dire
qu'elles veulent la reprendre sur le pacha d'É-
gypte, qui l'a conquise et ne veut pas la rendre ;
c'est déclarer qu'elles le veulent contre le gré
de la France, qui ne doit pas le permettre, qui
doit s'y opposer par les armes ; c'est implicitement déclarer rompue l'alliance entre la France
et ces puissances ; — le discours de lord Palmerston, ses protestations équivoques et men-
teuses du bon vouloir du gouvernement anglais
envers la France, ne peuvent pas se traduire
autrement : votre haute raison, Sire, vous l'aura
dit comme moi.

En politique, Sire, et surtout dans l'examen
des causes qui peuvent rompre des alliances,

provoquer la guerre entre les États, il faut voir les faits et les actes, apprécier les intérêts réciproques, et non juger des intentions par les paroles ou par les protocoles. Or, après cette déclaration faite par lord Palmerston, que, par le traité de Londres, les puissances ont voulu assurer l'intégrité de l'empire ottoman, et pour cela forcer le pacha d'Égypte à rendre la Syrie au sultan; après cette déclaration, qui heurte de front la politique de la France, les assurances que ce ministre a données des bonnes intentions de son gouvérnement envers la France ne sont qu'une audacieuse et perfide moquerie; car si ces assurances étaient sincères, si lord Palmerston eût voulu que la France les crût telles, il y aurait ajouté celle que, puisque la France voulait que la Syrie restât à Méhémet-Ali, puisqu'elle pensait que c'était un moyen de fortifier le pacha et l'empire turc contre l'ambition de la Russie, il déclarait au nom de son gouvernement qu'il allait provoquer de nouvelles négociations sur cette base. Alors toute défiance, toute irritation entre les deux pays eussent cessé, et la paix de l'Europe ne serait pas exposée à être troublée, comme elle le sera, comme elle doit l'être si les cinq puissances persistent dans leur résolution de dépouiller le pacha d'Égypte de la Syrie; car elles ne peuvent le faire qu'en recourant aux armes contre lui; et en y préludant, la Russie par l'envahissement de la Macédoine, de la Roumélie, de Constantinople; l'Angleterre, par la prise de Candie;

toutes choses que la France doit prévenir en portant elle-même et de suite des troupes en Syrie, en occupant Candie, en faisant tout ce que j'ai dit dans le Mémoire que j'ai envoyé à Votre Majesté et à ses ministres.

Oh! sans doute, le gouvernement anglais désire que l'alliance entre les deux pays ne soit pas rompue ; il le désire parceque ce serait chose commode pour lui que cette alliance dans l'état actuel des choses ; mais il le désire à la condition que la France ne s'opposera pas à l'exécution du traité des cinq puissances, à la condition qu'elle consentira à l'affaiblissement, à l'humiliation du pacha d'Egypte dont l'Angleterre et la Russie craignent l'énergie, dont elles redoutent la résistance à leurs projets de conquête en Orient. Or, ces conditions, la France ne peut les accepter sans honte, sans que ses intérêts en souffrent : elle doit donc les repousser, et prévenir l'exécution de ce traité en protestant contre, en armant et faisant de suite tout ce qui peut empêcher cette exécution.

Mais lord Palmerston ne s'est pas borné, Sire, à dire hypocritement et avec une moqueuse raillerie, qu'il désirait, que son gouvernement désirait le maintien de l'alliance qui existe entre la France et l'Angleterre ; il a dit encore, et ceci est grave, Sire, il a dit que *les communications qu'il a reçues de notre gouvernement, depuis la signature du traité des cinq puissances, lui ont donné la plus forte conviction que la France ne conserve*

*aucun ressentiment hostile envers ces puis-*
*sances ;* ce qui équivaut à dire qu'il a la conviction que la France les laissera libres d'exécuter
les stipulations de ce traité qui, dit-il ailleurs,
*doit recevoir son exécution......*

Si cela était vrai, Sire, il y aurait eu trom-
perie de votre gouvernement envers la France,
dans l'attitude hostile qu'il semble avoir prise
vis-à-vis de ces puissances, en ordonnant ou
feignant d'ordonner des armements, en les faisant menacer par la *Revue des Deux-Mondes*,
organe de votre ministère dans l'espèce, d'*une
guerre à outrance,* si elles mettaient ce même
traité à exécution ; il y aurait, disons le mot,
lâcheté à sacrifier un allié et les intérêts de la
France à la crainte de la guerre, à l'ambition
de la Russie et de l'Angleterre. Votre gouvernement doit donc se hâter de repousser la calomnie que lord Palmerston n'a pas craint de
diriger contre lui ; il doit se hâter de déclarer à
la face de l'Europe que lord Palmerston a menti
lorsqu'il a dit que la France ne *conserve aucun ressentiment hostile* contre ces puissances, et qu'elle les laissera libres d'exécuter leur
insolent traité ; il doit repousser cette calomnie,
donner ce démenti à son auteur ; il le doit, car
dans ce qu'a dit lord Palmerston, dans ce *lais-
sez-faire* dont il a accusé votre gouvernement,
il y aurait pour la France et pour votre dynastie un danger bien plus réel, bien plus grand
que dans la guerre qu'il est du devoir, des intérêts et de l'honneur de la France de déclarer

aux puissances qui ont cru pouvoir impunément nous jeter à la face le dédain, le mépris, la menace, en signant le traité dont lord Palmerston a entrepris l'apologie.

Cette déclaration de guerre, Sire, est devenue une nécessité pour la France, qui sera déshonorée si elle n'empêche pas l'exécution de ce traité; pour votre dynastie, à qui le pays ne pardonnerait pas d'avoir sacrifié son honneur, ses intérêts, sa dignité, au désir coupable de conserver la paix, alors que tout vous fait une loi de la rompre et de défendre les uns et les autres.

Mais, Sire, il ne faut pas se le dissimuler, la lutte sera périlleuse ; car la France sera seule contre les puissances qui l'ont, par le traité de Londres, provoquée à la guerre.

Il faut donc que les moyens d'attaque et de défense soient calculés en raison du nombre et de la force des ennemis que cet audacieux traité nous donne; il faut que les forces de la France réunies en faisceau soient proportionnées; que dis-je? il faut qu'elles soient supérieures à celles incohérentes, brisées, affaiblies par l'absence d'unité dans leur emploi, de cohésion des parties agissantes que cette nouvelle coalition nous opposera.

Des ressources ordinaires, des armements réguliers, mis, par les lois existantes ou par la constitution, à la disposition du gouvernement, ne pourraient pas suffire aux circonstances impérieuses dans lesquelles la France se trouve, aux besoins d'une guerre extraordinaire. En un mot l'armée régulière, l'armée légale, quelque nombreuse et régulière que les Chambres la votassent, serait insuffisante pour l'attaque soudaine et générale qu'impose à la France l'agression dissimulée des puissances qui ont signé le traité de Londres (1).

Un grand danger veut de grands moyens pour le pays qui doit en être garanti. Or, le danger présent est grand ; il rappelle celui qui menaça la France il y a cinquante ans. Ses ennemis d'alors étaient encore ceux que le traité lui donne aujourd'hui. Elle les vainquit pendant les longues guerres de la révolution ; elle les vaincra de même dans celles à laquelle ce traité la provoque, si son gouvernement sait et veut employer contre eux, avec la puissance

(1) La presse est à peu près unanime pour demander l'organisation de la garde nationale, l'ordonnance de sa mobilisation. Si c'est pour prouver à la nouvelle coalition que la France peut lui opposer des millions d'hommes et un esprit national redoutable, la mesure est inutile : la géographie et ses OBSERVATEURS le lui ont appris. Si c'est comme moyen de succès en cas d'invasion, elle serait insuffisante : deux tristes époques l'ont prouvé. Ce qu'il faut opposer à la coalition, c'est le recrutement volontaire et spontané des masses ; c'est l'organisation en régiments réguliers de cette jeunesse si nombreuse que son ardeur patriotique pousse aux frontières, et qui ne laisserait derrière elle ni regret pour l'abandon de son commerce, de son industrie, ni lien de paternité, deux choses qui paralyseront toujours le zèle des citoyens composant la plus grande partie de la garde nationale. Organisez celle-ci, mobilisez-la pour garnir nos places fortes ; mais faites un appel au patriotisme de cette population flottante et libre qui encombre nos villes, et qui n'attend que le signal des combats pour voler aux frontières. C'est elle, croyez-le bien, qui vous donnera la victoire.

des armes et les ressources immenses du pays,
les moyens directs et indirects, je veux dire le
courage des Français, l'influence des principes,
non pas cette influence qui repoussait les nations au lieu de les conquérir à un système
sage de gouvernement; mais l'influence qu'exer-
cera nécessairement sur les peuples d'outre-
Rhin et de l'Italie l'offre qui leur sera faite de
les aider à secouer le joug de l'absolutisme
qu'ils portent avec tant d'impatience, et qu'ils
seraient heureux de pouvoir briser.

Enfin, Sire, il faut que votre gouvernement
fasse de la popularité; il faut qu'il emprunte la
voix de la liberté pour appeler les Français aux
armes; il faut qu'il se fasse révolutionnaire,
non pas à la manière de 1793 : autre temps,
autre mœurs, et celles que nous ont faites cinquante années d'expérience, d'étude, d'appréciation des véritables besoins des nations, re-
poussent les mœurs politiques de cette époque;
mais révolutionnaire en ce sens, qu'il cher-
chera dans les masses, en leur accordant de
suite certaines prérogatives dont elles sont dés-
héritées, et la plénitude de cette liberté qui
n'est pas incompatible avec l'ordre, l'appui
dont il a besoin, et qui seul peut faire triom-
pher la France de ses ennemis, la couvrir de
gloire, et assurer pour toujours son indépendance (1).

(1) Cela seul peut désarmer les ennemis de la monarchie, et leur
prouver qu'un roi peut, veut et sait défendre la nationalité de son
pays, assurer son indépendance, et le couvrir de gloire, tout aussi

Pour cela, Sire, comme vous êtes la première expression, l'unité première du gouvernement de la France, il faut, oh! j'oserai le
dire, il faut que, vous et les princes vos fils, vous
alliez parcourir la France, que vous vous pré-
sentiez à ses populations, déjà si fort émues par
l'espoir, par le besoin d'une guerre contre ses
éternels ennemis, tenant d'une main le traité
des quatre puissances; de l'autre, l'épée royale
qui est le noble symbole de la vengeance de la
nation; il faut que vous fassiez revivre partout
cet arbre magique qui, à une autre époque de
notre histoire, enfanta tant de héros; il faut
que vous fassiez entendre, comme vous le fîtes
aux premiers jours de la révolution dynastique
qui vous a donné la couronne du pays, ces
hymnes nationaux dont les vers harmonieux
et patriotiques poussèrent avec tant d'ardeur
les Français aux frontières, où tant et de si
glorieux triomphes les attendaient.

Appelez, Sire, appelez vous-même, vous et vos
fils, appelez les Français aux armes, et soyez
assuré qu'à votre voix, à la leur, à celle du
gouvernement, deux millions de Français pleins
d'énergie, de courage, de force, accourront se
ranger sous les drapeaux de la patrie menacée, et que le patriotisme de nos villes vous donnera volontairement, et sans compter, toutes

bien qu'un consul, et mieux peut-être que ne saurait, que ne pourrait le faire une ombrageuse et fougueuse démocratie, sujette de sa
nature, dans sa marche gouvernementale, à une sorte d'incohé-
rence dans ses actes, à des désordres dans l'exécution.

les ressources en hommes, en chevaux (1), en
armement, en habillement, en équipement, en

(1) J'ai entendu un officier-général dire : « Comment voulez-vous
« que nous fassions la guerre? l'ennemi peut mettre en ligne deux
« cent mille hommes de cavalerie, et nous en avons à peine vingt-
« cinq mille. » Paroles peu françaises, et que j'aurais été étonné
d'entendre de la bouche d'un homme qui fut brave parmi les bra-
ves, si son âge, la haute position largement rétribuée d'argent et
d'honneurs qui lui a été faite depuis 1830, et l'espèce de sybarisme
dans lequel il passe et éteint sa vie, ne m'eussent donné l'explica-
tion de cette étrange fin de non-recevoir par laquelle un homme
de guerre, un Français semble vouloir que l'on réponde à l'outrage, à la menace que la France a reçus du traité de Londres.

Et disons-le ; il est à craindre qu'une pareille couardise ne se re-
trouve chez la presque totalité des hommes auxquels les années et
une longue paix ont fait oublier la gloire dont ils se couvrirent, et
ce que peut une nation comme la nôtre quand elle est provoquée
à la défense de ses libertés, de son indépendance, de ses intérêts ,
contre n'importe quelle coalition ; disons-le, parceque ce doit être
un avertissement pour le gouvernement, parcequ'il en doit sortir
pour lui le conseil de se préparer à chercher, à voir les espérances
de la patrie dans une régénération des chefs appelés au comman-
dement de nos armées.

Pour toute réponse à cette impossibilité anti-française, que ce
doyen de nos lieutenants-généraux opposait à l'obligation où nous
sommes de déclarer la guerre aux puissances signataires de ce
traité, je le ramenai aux souvenirs de 1789, et lui dis : « Alors aussi
« l'armée était pauvre en chevaux, en hommes, en toutes choses
« nécessaires à la guerre. Le patriotisme sut tout trouver, tout im-
« proviser, et nous vainquîmes la coalition ; eh bien ! général, espé-
« rons qu'il fera en 1840 ce qu'il fit à cette époque de glorieuse
« mémoire. » La réplique fut : « Nous n'aurons pas la guerre..... »
Cette réplique, témérairement sententieuse, a-t-elle été le mot
d'ordre d'un lieu et d'un personnage près desquels cet officier-général est fort en faveur? il faut en douter pour leur honneur. Il
faut en douter, que dis-je ? il ne faut pas croire qu'en prononçant
cette déclaration imprudente, inconsidérée : *Nous n'aurons pas la
guerre*, cet officier-général a été l'écho de la pensée, de la résolution du chef de l'État ; car le roi ne peut vouloir ce que le pays

**argent, dont la France a besoin pour combattre et vaincre une perfide, une odieuse coalition.**

ne veut pas, sa honte, sa flétrissure, son humiliation, son abaissement, toutes choses qui seraient pour la France et pour son gouvernement la conséquence du *laissez-passer* que cette résolution octroierait au traité des cinq puissances. Quoi qu'il en soit, la réponse que l'on vient de lire étant insuffisante pour détruire dans l'esprit du vulgaire, et peut-être aussi dans l'opinion vraie ou feinte de quelques membres du gouvernement, cette couarde objection du manque de chevaux qui peut se reproduire dans le conseil des ministres, je dirai :

Non, il n'est pas vrai que nous manquons de chevaux. Sans doute la cavalerie de notre armée est, grâce à l'incurie des ministres de la guerre qui ont succédé au maréchal Soult, peu nombreuse; sans doute elle a besoin d'être augmentée, quadruplée; mais la France a des chevaux; elle en a surtout pour les armes de haute taille, pour les trains, pour les équipages militaires. Quand le gouvernement le voudra, il en trouvera dans nos provinces et à Paris plus qu'il ne lui en faudra pour une première campagne : la victoire pourvoira aux besoins ultérieurs. Leur éducation ne sera pas faite encore..., et qu'importe? elle le sera avant que le choc ne puisse avoir lieu; car la cavalerie n'est pas la première arme qui agisse à la guerre. Les seuls chevaux qui peuvent nous manquer sont ceux de cavalerie légère, ceux de petite taille. Eh bien, demandons-les à l'Espagne, elle est notre alliée à un double titre; elle ne doit pas nous les refuser. L'Espagne est, grâce à notre coopération, délivrée de la guerre civile; elle est en paix chez elle et à l'extérieur; elle n'a plus d'ennemis à combattre; elle peut se passer pendant quelques mois de sa cavalerie. Traitons avec elle de la remise des chevaux qui la montent. Elle ne doit pas, elle ne peut pas nous les refuser; elle le doit d'autant moins qu'elle a chez elle de sûrs, de prompts moyens de la remonter. Si elle nous les refuse, son refus serait un acte de mauvais vouloir, de quasi-hostilité auquel nous pouvons répondre de manière à faire repentir son gouvernement de ne nous avoir pas donné cette preuve de sa reconnaissance et de son amitié; car le moyen est en notre pouvoir. En présence de la lutte dans laquelle la France se trouve engagée, l'Espagne ne peut pas, ne doit pas, sans danger pour elle-même, rester neutre. Mais eût-elle l'imprudence de le vouloir, voulût-elle commettre envers nous cet acte d'ingratitude, nous vendre des che-

Mais, croyez-le bien, Sire, il n'y a pas un instant à perdre. La France ne doit pas, dans cette grave circonstance, rester sur la défensive ; elle ne doit pas, comme le dit le publiciste de la *Revue des Deux-Mondes* (1), se borner à *faire des levées d'hommes, pour porter l'effectif de son armée au pied complet de guerre, à préparer le matériel nécessaire*

vaux, n'importe lesquels, ce n'est pas violer les lois de la neutralité.

Si ce double moyen de remonte tiré de l'Espagne ne suffit pas à nos besoins, il faut traiter avec des fournisseurs qui iront chercher des chevaux en Italie ; mais si vous voulez, vous, ministre de la guerre, être bien et promptement servi, suspendez pour un besoin urgent l'application de ces formes administratives dont l'accomplissement fait perdre un temps précieux qu'il faut employer à agir. Laissez là votre système d'adjudication mystérieuse, qui peut-être n'est pas un mystère pour tous, et recevez les offres qui vous seront faites par des maisons, par des hommes qui vous offriront une bonne garantie d'exécution. Quant aux prix, vous en avez la base dans vos tarifs ; et il suffit à votre responsabilité, dans la circonstance urgente où nous nous trouvons, que ceux que vous accorderez ne s'en écartent pas trop. Cela fait, négocions avec Naples pour tirer des chevaux de ce pays, qui a tout récemment éprouvé nos bons offices. Peut-être entreverra-t-on la possibilité d'un refus de l'Autriche de laisser passer les frontières qu'elle occupe aux chevaux que nous tirerions d'au-delà des Alpes. Alors on considérera son refus comme un acte d'hostilité, et l'on devra agir en conséquence. Il en sera de même si le cas prévu dans le cahier des charges auxquelles on a soumis les fournisseurs appelés à fournir vingt mille chevaux tirés de l'Allemagne se réalisait ; si les frontières de ce pays leur sont fermées, ce sera un grief à ajouter au traité de Londres ; ce sera également un acte d'hostilité qui devra dissiper tous les doutes, lever les scrupules, et une nouvelle raison de ne rien attendre pour y répondre par une déclaration de guerre.

(1) Sorte de manifeste que la perfection du style, la noblesse des sentiments, l'élévation de la pensée, l'énergie de l'expression, la patriotique indignation, le courage de la menace, ont fait attribuer à la plume brillante de M. le président du conseil.

*à cette armée;* elle ne doit pas *attendre* pour agir de savoir si les puissances qui ont signé le traité contre Méhémet-Ali, *s'arrêteront devant le triomphe de ce prince en Syrie;* car ces puissances ne s'arrêteront pas devant ce triomphe qui sera pour elles, au contraire, une raison de presser leurs préparatifs de guerre, d'entrer immédiatement en campagne contre l'armée qui occupe ce pays; car la Russsie ni l'Angleterre ne renonceront pas, quoi qu'il arrive en Orient, à l'accomplissement des projets de conquête qui leur ont fait contracter une alliance monstrueuse, sans doute, mais momentanément nécessaire à leur commune ambition, dont, tôt ou tard, cette dernière puissance sera victime.

La France ne doit pas *attendre* pour agir de savoir *si les moyens employés* par les puissances signataires du traité de Londres, contre Méhémet-Ali, *n'ont rien qu'elle ait droit et intérêt d'empêcher;* car ces moyens seront nécessairement ceux qui peuvent réaliser les projets de conquête pour l'accomplissement desquels elles se sont alliées.

Elle ne doit pas, jusque là, *se borner à observer;* car ces puissances veulent l'affaiblissement, l'abaissement de ce prince, le partage de ses états, qui amènerait infailliblement le partage de la Turquie; et, conséquentes avec cette volonté qui résulte implicitement des termes du traité qu'elles ont conclu, elles veulent employer, elles emploieront indubitablement tous les moyens qui pourront les faire arriver plus sûrement et plus vite au but qu'elles ont résolu d'atteindre, *des moyens que la France aura droit et intérêt d'empêcher.*

La France ne doit pas *attendre que certaines limites soient franchies* pour déclarer la guerre à ces puissances, cette *guerre à outrance* dont les menace le publiciste de la *Revue des Deux-Mondes;* car l'attente, c'est pour elle l'affaiblissement de ses moyens de succès, en donnant à ses ennemis le temps de préparer, de réunir, de rapprocher de nos frontières, et des points où le conflit maritime aura lieu, ceux sur lesquels ils fondent l'espoir de notre défaite.

Elle ne doit pas *attendre;* car, pour elle, l'attente c'est la mort....

Enfin, la France ne doit pas *attendre;* mais elle doit mettre sans plus de délai ces puissances en demeure d'annuler le traité qu'elles ont conclu contre Méhémet-Ali et contre elle-même, et leur déclarer que leur refus sera par elle considéré comme une déclaration de guerre dont elle acceptera aussitôt toutes les conséquences; et, dans ce cas, la retraite de ses ambassadeurs sera le signal des combats; et alors la France devra agir, agir de suite, attaquer soudain partout où l'attaque lui sera possible; et, comme je l'ai dit dans le mémoire que j'ai envoyé à Votre Majesté et à ses ministres sur cette circonstance si grave du traité de Londres, son action devra frapper comme la foudre. Ses ennemis ne sont pas prêts, ou ne le sont que sur le point où doit se vider le différend qui a servi de prétexte à ce traité; ils ne sont pas réunis; ils sont, pour le plus grand nombre, éloignés de nos frontières.... Nous, nous n'avons qu'un pas à faire pour être chez eux, pour soulever leurs populations qu'ils oppriment, pour les faire repentir de leur audacieuse agression, pour les faire trembler. Or, Sire, ne perdons pas cet avantage qui nous assure la victoire; ne temporisons pas; agissons de suite.

Et d'ailleurs, pourquoi la France attendrait-elle, l'arme au bras, la lance au poing, l'épée hors du fourreau? Serait-ce que vous redoutez, Sire, les intrigues de n'importe quel prétendant agissant seul ou avec l'appui ostensible ou secret de n'importe quelle puissance? Mais outre qu'une pareille crainte ne serait pas d'un noble cœur, outre qu'elle serait une offense pour la France qui a homologué par son adhésion l'octroi qui vous a été fait de sa couronne par n'importe quel nombre de ses mandataires, les moyens que je vous propose d'employer contre nos ennemis sont les seuls qui peuvent démontrer l'impuissance de ces intrigues, en vous environnant de toutes les forces du pays, en lui donnant, en échange de son dévouement et de ses sacrifices, de la gloire, de l'honneur, le développement de ses franchises, de ses libertés politiques.

Serait-ce pour mettre la France et vous-même à couvert du reproche d'avoir troublé la paix de l'Europe? Et qui oserait formuler ce re-

proche, après le traité des quatre puissances ?
N'est-il pas évident pour tous autres que les sou-
verains qui ont voulu ce traité, pour tous autres que pour leurs ministres, n'est-il pas évident, d'après les termes de ce traité, que ce sont
ces puissances qui troublent cette paix en pré-
parant au profit de l'une d'elles, la Russie, la
destruction de l'équilibre européen, en préludant par ce traité, au profit de cette puissance et
de l'Angleterre, au partage des Etats du pacha
d'Égypte ? Donc, en disant à ces puissances :
« Vous annulerez le traité de Londres, ou je vous
« déclare la guerre, *une guerre à outrance*, »
la France ne fait que répondre à une menace,
à l'attaque indirecte qu'elles dirigent contre
elle ; elle ne fait que leur demander raison de
l'outrage qu'elles ont cru pouvoir impunément
lui jeter à la face. — La France ne provoque
pas la guerre ; elle l'accepte ; mais elle l'accepte
de suite et *à outrance ;* et, en cela, elle ne fait
qu'user de son droit de légitime défense ; et l'histoire, juste pour tous, et qui dira sur qui devra
peser la responsabilité du sang qui va couler,
des bouleversements que cette guerre occasion-
nera ; l'histoire en déchargera la France, qui a
fait depuis dix ans tant de sacrifices au maintien de la paix en Europe.

Je terminerai cette longue lettre, Sire, par
un dernier conseil.

La paix, une paix glorieuse et durable, suc-
cédera à la guerre à laquelle vous aurez appelé
les Français.

Alors n'oubliez pas, Sire, n'oubliez jamais
que la victoire exigera l'accomplissement des
promesses, le maintien des concessions de liberté, de droits politiques qui auront été faites,
et que le prince victorieux devra compte des
unes et des autres à ceux qui auront placé sur
son front une auréole de gloire, et consolidé le
trône qui eût tombé, peut-être, s'il n'eût été dé-
fendu, soutenu par eux.

Sire, puissiez-vous apprécier dans toute leur
vérité la loyauté, la franchise du sentiment qui
m'a dicté cette lettre, appendice nécessaire,
comme je l'ai dit plus haut, du mémoire que je
vous ai adressé sur les conséquences du traité
des quatre puissances et sur les nécessités qu'il
impose à la France !

Je suis, Sire, avec un profond respect,

de Votre Majesté,

le très humble, très obéissant et fidèle
serviteur,

**FLANDIN.**

# LETTRE A M. THIERS.

Paris, le 10 août 1840.

Monsieur le Président,

Dans la situation si grave où le discours de la reine d'Angleterre a placé la France et son gouvernement, les hommes qui vous conservent de l'estime, et qui ont foi dans votre patriotisme et dans votre courage, pensent que vous devez donner au roi des conseils en tous points analogues à ceux que j'ai rassemblés d'abord dans le mémoire que je vous ai envoyé le 29 juillet dernier, puis dans ma lettre au roi, lettre grave aussi, que M. le comte Alexandre Delaborde s'est chargé, à son départ pour Eu, de faire mettre sous les yeux de Sa Majesté , et à qui vous pouvez en demander la communication ; ils pensent encore que si le roi repousse ces conseils , s'il ne veut pas , comme on le craint , prendre l'initiative de la guerre , ne pas courir aux armes de la manière que je l'ai dit dans ce mémoire et dans cette lettre , vous devez , vous , remettre votre portefeuille, déclarer que vous ne voulez pas accepter l'humiliation du traité de Londres, et avec elle, la responsabilité des événements, vous retirer, et faire connaître au pays , par la voie d'une sorte de manifeste préalablement communiqué au roi, pourquoi vous vous retirez, quelle est la vraie situation de la France, ce que vous avez proposé au roi pour en sortir dignement, avec honneur, avec gloire, et son refus d'entrer avec vous dans une politique nationale et populaire, la seule qui puisse conjurer le danger qui nous menace, et nous donner les moyens de venger l'affront que les quatre puissances nous ont jeté à la face en signant leur insolent traité.

Ou je me trompe sur le caractère du roi , ou cette noble démarche de votre part lui ferait comprendre la nécessité pour lui-même d'entrer dans cette politique d'action qui seule peut le sauver du mécontentement de la nation, et des conséquences qu'il pourrait avoir (1).

Monsieur le président , il dépend de vous de

(1) Les conséquences de ce que je propose à M. le président du conseil des ministres peuvent être graves, je le sais, mais c'est au pouvoir qui peut souffrir de leur gravité à s'en garantir, en faisant ce que le pays demande , ce qu'il a droit d'exiger.

vous grandir de toute la hauteur des événements actuels, ou de tomber dans la disgrâce
du pays. Réfléchissez, choisissez, agissez.

Je suis avec une haute et respectueuse
considération,

Monsieur le Président,

Votre très humble et très obéissant
serviteur,

FLANDIN.

vous prendre de toute la multitude des ordonnance extraite, que la loi rend dans la disgrâce
du pays. J'ai l'honneur d'être, cher ami, agissez.

Je suis avec une très respectueuse
considération,

Monsieur le Président,

Votre très humble et très obéissant
serviteur,

FRANKLIN.